Oso quiere contar una historia

Escrito por Philip C. Stead   Ilustrado por Erin E. Stead

Para Neal y Jennifer, que escuchan nuestras historias

OSO QUIERE CONTAR UNA HISTORIA
Título original: *Bear Has a Story to Tell*

© 2012 Philip C. Stead, por el texto
© 2012 Erin E. Stead, por las ilustraciones

Traducción: Pilar Armida

Publicado según acuerdo con Roaring Brook Press, una división de Holtzbrinck Publishing
Holdings Limited Partnership, a través de Sandra Bruna Agencia Literaria, S.L.

D.R. © Editorial Océano, S.L.
Milanesat 21-23, Edificio Océano
08017 Barcelona, España
www.oceano.com

D.R. © Editorial Océano de México, S.A. de C.V.
Blvd. Manuel Ávila Camacho 76, piso 10
11000 México, D.F., México
www.oceano.mx
www.oceanotravesia.mx

Primera edición: 2013
Primera reimpresión: junio de 2014

ISBN: 978-607-735-107-8
D.L. B-21217-LVI

IMPRESO EN ESPAÑA / *PRINTED IN SPAIN*
9003693020614

Oso quiere contar una historia

Escrito por Philip C. Stead   Ilustrado por Erin E. Stead

OCEANO travesía

Para Neal y Jennifer, que escuchan nuestras historias

OSO QUIERE CONTAR UNA HISTORIA
Título original: *Bear Has a Story to Tell*

© 2012 Philip C. Stead, por el texto
© 2012 Erin E. Stead, por las ilustraciones

Traducción: Pilar Armida

Publicado según acuerdo con Roaring Brook Press, una división de Holtzbrinck Publishing
Holdings Limited Partnership, a través de Sandra Bruna Agencia Literaria, S.L.

D.R. © Editorial Océano, S.L.
Milanesat 21-23, Edificio Océano
08017 Barcelona, España
www.oceano.com

D.R. © Editorial Océano de México, S.A. de C.V.
Blvd. Manuel Ávila Camacho 76, piso 10
11000 México, D.F., México
www.oceano.mx
www.oceanotravesia.mx

Primera edición: 2013
Primera reimpresión: junio de 2014

ISBN: 978-607-735-107-8
D.L. B-21217-LVI

IMPRESO EN ESPAÑA / *PRINTED IN SPAIN*
9003693020614

El invierno estaba por llegar y Oso empezó a tener mucho sueño.

Pero antes de ir a dormir, Oso quería
contar una historia.

—Ratón, ¿te gustaría escuchar una historia? —preguntó Oso
con un gran bostezo.

—Lo siento, Oso —dijo Ratón—. El invierno está por llegar
y necesito recolectar muchas semillas.

Oso ayudó a Ratón a recoger las semillas que estaban
desperdigadas por el bosque.

Cuando terminaron, Ratón dijo:

—¡Hasta pronto!

Y se escabulló bajo tierra para esperar la primavera.

Oso daba pasos lentos y adormilados por el bosque. Las hojas
caídas de los árboles crujían bajo sus pies.

—Hola, Pato —dijo Oso, sentándose para reposar sus agotadas patas—. ¿Te gustaría escuchar una historia?

—Lo lamento, Oso —respondió Pato—. El invierno está por llegar y debo volar hacia el sur.

—Te extrañaré, Pato —dijo Oso, y alzó una pata para verificar en qué dirección soplaba el viento.

—Yo también te extrañaré —dijo Pato, y emprendió el vuelo.

El sol descendía en el horizonte. Oso sintió que sus párpados
se cerraban. Empezó a contar colores para mantenerse despierto.
—Tres nubes rosas, dos hojas rojas y una rana...

—¡Hola, Rana! —dijo Oso—. ¿Te gustaría escuchar una historia?

—Lo siento, Oso —dijo Rana—. El invierno está por llegar
y necesito encontrar un lugar calientito para dormir.

Oso cavó un agujero del tamaño de una rana entre dos abetos. Luego arropó a Rana bajo una manta de hojas secas.

—Gracias, Oso —dijo Rana—. Te veré en la primavera.

Oso se recargó contra un viejo roble. Se estiró, bostezó y se rascó la panza.

—¿Estará despierto Topo? —se preguntó.

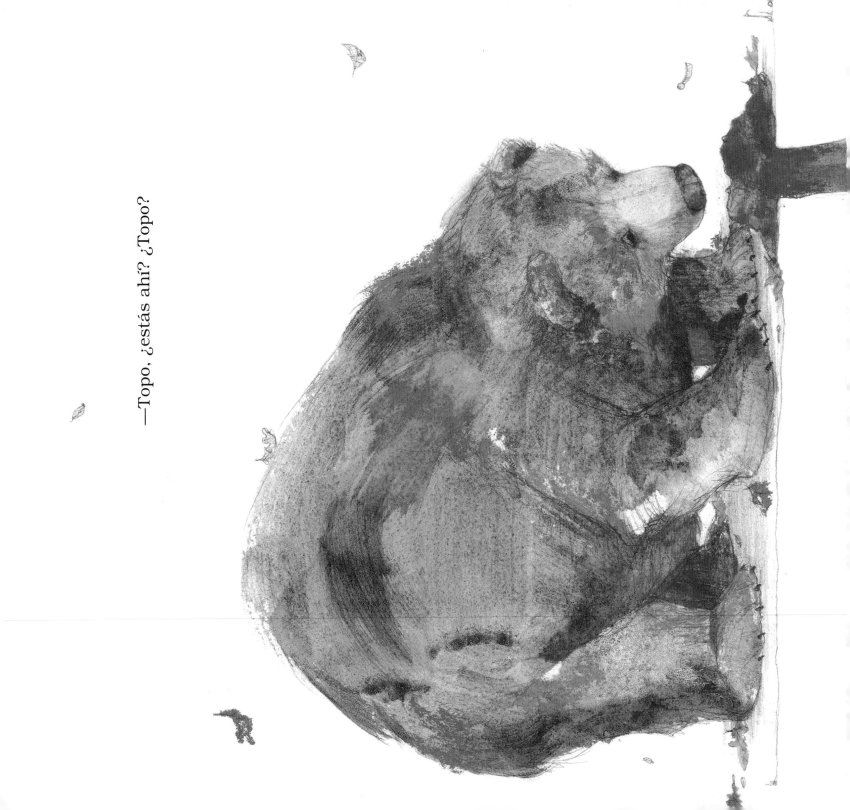

—Topo, ¿estás ahí? ¿Topo?

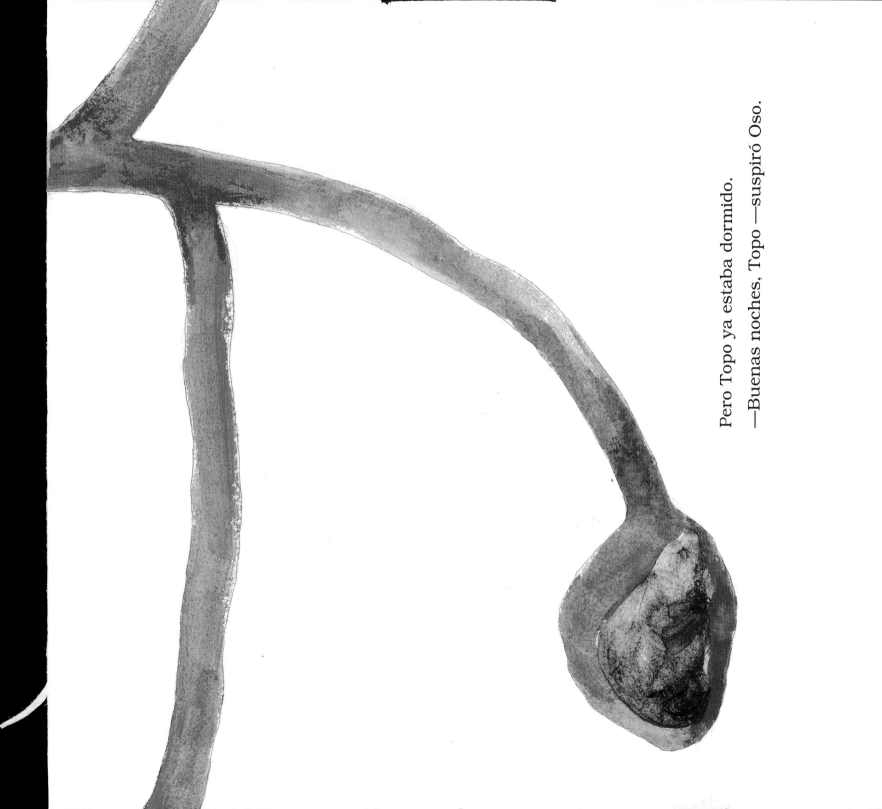

Pero Topo ya estaba dormido.

—Buenas noches, Topo —suspiró Oso.

Los primeros copos del invierno comenzaron a caer...

Pasaron varios meses y el sol por fin salió de nuevo. Derritió la nieve y despertó a los árboles. Oso se revolcó en la hierba.

—¡Llegó la primavera! —exclamó—. Ahora sí podré contar mi historia.

Pero antes, Oso le llevó una bellota a Ratón.

—¡Gracias, Oso! —dijo Ratón. Estaba muy hambriento después del largo invierno.

—¡Bienvenido, Pato! —exclamó Oso—. Debes estar
agotado por el viaje.

Oso le mostró a Pato un charco de lodo que había encontrado.

Oso puso a Rana bajo los rayos del sol para que se calentara
y despertara del todo. Rana abrió un ojo y, luego, el otro.
—Buenos días —dijo Oso.

Oso, Ratón, Pato y Rana esperaron durante todo el día a que Topo
despertara. Finalmente, Topo asomó la nariz a la luz de la luna.
—¡Topo! —dijo Oso—. ¿Quieres escuchar una historia?

Oso reunió a sus amigos. Se sentó muy derecho y aclaró la garganta.

Luego tomó aire y, cuando sus amigos estaban atentos...

Oso no pudo recordar la historia.

—Era una gran historia —dijo, cabizbajo. Pero el invierno había sido muy largo y Oso la había olvidado.

Los amigos permanecieron sentados, en silencio.

Entonces Ratón exclamó:

—Tal vez tu historia se trataba de un oso.

—O quizá trataba sobre los preparativos antes de que
llegara el invierno —dijo Pato.

—Creo que también había otros personajes —sugirió Rana.

—¡Como un topo! —dijo Topo—. ¡Y un ratón y un pato
y una rana!

Oso se enderezó. Aclaró de nuevo la garganta, tomó aire
y comenzó su historia:

—El invierno estaba por llegar y Oso empezó a tener mucho sueño...